MIS PRIMEROS LIBROS ®

¡COME LOS GUISANTES, CUANTO ANTES!

por Pegeen Snow

ilustrado por Mike Venezia

Traductora: Lada Josefa Kratky

Consultante: Dr. Orlando Martinez-Miller

Preparado bajo la dirección de Robert Hillerich, Ph.D.

CHILDRENS PRESS ™

CHICAGO

Para MARION RICHARDSON
tía, amiga, poetisa

Library of Congress Cataloging-in-Publication Data

Snow, Pegeen.
   ¡Come los guisantes, cuanto antes!

   (Mis primeros libros)
   Resumen: A una muchacha su hermano le da muchas
razones para que deba comer los guisantes.
   1. Cuentos para niños, norteamericanos. [1. Guisantes—
Ficción. 2. Comida—Ficción. 3. Cuentos con rimas]
I. Venezia, Mike, il. II. Título. III. Serie.
PZ8.3.3S673Eat   1989   [E]   84-27445
ISBN 0-516-32067-X

Childrens Press®, Chicago
Copyright © 1989, 1985 by Regensteiner Publishing Enterprises, Inc.
All rights reserved. Published simultaneously in Canada.
Printed in the United States of America.
   2 3 4 5 6 7 8 9 10 R 93 92

Come los guisantes,
cuanto antes.

¡Son tan jugosos!
¡Qué sabrosos!

Aquí hay queso y un rallador.
El queso les da buen sabor.

8

Cómelos con tenedor. . .

o con cuchara, a lo mejor.

Pero cómelos ahora.

No en una hora.

Come y te voy a llevar
a la playa a pescar,

o al parque a jugar,

o a la sala, a lo mejor,
a ver la tele en color.

19

Cómelos de una vez.
Contraré hasta tres.

Uno. . . dos. . .

¡Adiós!

25

¡Come los guisantes,
cuanto antes!

¿Por favor?

30

LISTA DE PALABRAS

a	en	no	tan
adiós	es	o	te
ahora	favor	parque	tele
al	guisantes	pero	tenedor
antes	hasta	pescar	tres
aquí	hay	playa	un
buen	hora	por	una
color	jugar	que	uno
come	jugosos	qué	ver
con	la	queso	vez
contaré	les	rallador	voy
cuanto	lo	sabor	y
cuchara	los	sabrosos	
da	llevar	sala	
dos	mejor	son	

Sobre la autora

¡Come los guisantes, cuanto antes! es el tercer libro de **Pegeen Snow** publicado por Childrens Press. Otro libro para principiantes escrito por Pegeen Snow es *A Pet For Pat*. Además, sus cuentos cortos y poesías han aparecido en una variedad de publicaciones. Nacida en Eau Claire, Wisconsin, la Sra. Snow tiene otros intereses no relacionados con sus escritos que incluyen el piano, los gatos y la restauración de su casa.

Sobre la artista

¡Come los guisantes, cuanto antes!, es el sexto libro ilustrado por **Mike Venezia** para Childrens Press. Los otros son *Sometimes I Worry, What If the Teacher Calls on Me?, Ask a Silly Question, Rugs Have Naps* y *The I Don't Want to Go to School Book*. Mike se graduó del School of The Art Institute of Chicago. Cuando no está ilustrando libros para niños, Mike es un ocupado director de arte en Chicago y padre de Michael Anthony y Elizabeth Ann.